Cacá Gontijo

NECROMANCE

E A Conquista do Planeta dos Dragões

DEVIR

DEVIR
devir.com.br

Gerente Editorial
Paulo Roberto Silva Jr.

Coordenador Editorial
Kleber Ricardo de Sousa

Editor de Arte
Marcelo Salomão

Revisão
Marquito Maia

ISBN
978-65-5514-067-5
novembro/2021

Atendimento
imprensa@devir.com.br
sac@devir.com.br
eventos@devir.com.br

R.Basílio da Cunha, 727
São Paulo - SP. Brasil
CEP 01544-001
CNPJ 57.883.647/0001-26
Tel: 55 (11) 2604-7400

Dados Internacionais de Catalogação na Publicação (CIP)
(Câmara Brasileira do Livro, SP, Brasil)

> Gontijo, Cacá
>   Necromance e a conquista do planeta dos dragões / Cacá Gontijo ; [ilustrações Ghost Jack, Ed Anderson. -- São Paulo : Devir, 2021.
>
>   ISBN 978-65-5514-067-5
>
> 1. Ficção - Literatura infantojuvenil 2. Ficção de fantasia I. Jack, Ghost. II. Anderson, Ed. III. Título.
>
> 21-82761   CDD-028.5

Índices para catálogo sistemático:

1. Ficção : Literatura infantojuvenil 028.5
2. Ficção : Literatura juvenil 028.5

Cibele Maria Dias - Bibliotecária - CRB-8/9427

NECROMANCE

Autor
Ricardo Valadares Gontijo Valle

Ilustrações
Ghost Jack
Ed Anderson

Proibida a reprodução total ou parcial.

SUMÁRIO

Um talentoso escritor precoce 5

Necromance e a criação do Universo 9
A cobiça de Necromance 15
Dragonworld, o planeta dos dragões 21
Os sábios dragões 25
A transformação de Mindigou 33
Uma difícil dominação 39
- Primeira ofensiva 40
- Segunda ofensiva 46
- Terceira ofensiva 50
- Quarta ofensiva 53

A derrota dos dragões e a nova dinâmica do Universo 56

O Bestiário das Criaturas 62
- Berseker 65
- Carricu 66
- Colônia 67
- Dark Queen 68
- Dragões 69
- Dyers (corpo a corpo) 70
- Dyers (projétil) 71
- Dyers (armadura) 72
- Elfos Negros 73
- Fênix 74
- Fenrrir 75
- Gigantes 76
- Goblins Cobolt 77
- Golem 78
- Grifos 79
- Guarda Galáctica 80
- Herc 81
- Hidra 82
- Iosemoio 83
- Joias do Poder 85
- Kaiju 86
- King Krodat 87
- Kraken 88
- Leviatã 89
- Mechties 90
- Mindigou 91
- Minotauro 92
- Mordonac 93
- Nags 94
- Necromance 95
- Ogros 96
- Quimera 97
- Ragnarok 98
- Serpente do Mundo 99
- Shi Tzu Ctrax 100
- Skroll e Hatti 101
- Tifão 102
- Titãs 103
- Trolls 104
- TSDGG 105
- Vampiros 106
- Vanires 107

História de Navi 109
Enigma 112

UM TALENTOSO ESCRITOR PRECOCE

Cada novo escritor deveria ser recebido com festa, foguete, banda de música, repique de sino. Cacá merece mais: antes de completar onze anos, já está no segundo livro.

O primeiro, **"O Bestiário das Criaturas"**, respondeu ao desafio de registrar alguns dos seres fantásticos que ele descrevia com tanto realismo. É um conjunto de bizarras personagens que transitam por um mundo estranho e vivem aventuras inimagináveis. Esta realidade, que instiga e espanta, é o cenário por onde se movem figuras incomuns, repletas de mistérios e surpresas.

Em **"Necromance e a conquista do planeta dos dragões"**, temos um ser sem forma, sem cor, que "resolveu criar um planeta, apenas para sua existência ter algum sentido". No entanto, frustrado com Dark Helm, sua primeira obra, criou sem querer uma série de planetas muito mais bonitos e coloridos.

Com inveja de sua criação, ao ver a diversidade de sentimentos nela representados, sentiu um terrível desejo de possessão e dominação de suas criaturas. Embora tomado de fúria incontrolável, Necromance decidiu não destruir os planetas, mas atacá-los para exibir seu poder.

Escrita clara e econômica, o Autor lapida seus personagens com precisão, e conduz com segurança as peripécias trepidantes, em lugares inóspitos, entre cristais plenos de poder, heróis que portam dons, fraquezas e ambições humanas.

Intuitivo e sensível, nosso jovem escritor segue o padrão das narrativas mitológicas e dos contos de fadas, expressões de nosso inconsciente que buscam nos orientar nos diversos mundos em que transitamos. Este poderoso recurso explica o sucesso de grandes obras do gênero como o clássico "Guerra nas Estrelas".

As ilustrações, nascidas de sua mente privilegiada, passam por um processo lúdico em que figuras, brinquedos, gestos e desenhos próprios ajudam a passar sua ideia ao ilustrador Ghost Jack, que, depois de algum vai e vem ainda necessário, produz as belas imagens deste volume.

Curioso e criativo, Cacá cresceu cercado por livros e histórias. Antes da escola, o estímulo da avó materna e o amoroso incentivo de sua mãe fizeram dele um apaixonado pela literatura e um precoce escritor-mirim.

Com seu exuberante talento, inegável vocação literária, apoios jorrando de todo lado, saboreia muito cedo o merecido gosto da realização pessoal.

Esta aventura é a primeira de uma série. Daí para a mídia digital, os *games*, o mundo dos influenciadores, é um pequeno pulo até o grande salto que está por vir. E que eu espero poder ver e aplaudir.

Olavo Romano
Presidente Emérito da Academia
Mineira de Letras

À minha "vovói", Ana Lúcia,
que despertou em mim o amor pelos livros.

À minha mãe,
pelo empenho em tornar esta obra uma realidade.

Ao meu amigo Harashi, claro!
Jamais poderia me esquecer dele.

Um agradecimento especial ao meu amigo Léo Acurcio,
parceiro nessa conquista de Necromance.

A história de Necromance se confunde com a da criação do Universo.

Necromance era um ser sem forma, sem cor. Ou melhor, ele tinha a cor preta, que é a ausência total de luz porque as cores nem refletem.

Ele era a definição do vazio. Mas também era a definição de tudo, de todas as coisas, mesmo sem representar absolutamente nada. Era dono de tudo, mas não possuía nada. Seu poder estava além do certo ou do errado, além do propósito. Criava e destruía sem pensar. Ele não tinha necessidade, não tinha desejo.

Durante milhões de anos, Necromance apenas vagou, indo e vindo entre dimensões paralelas, sem propósito algum. A ausência de querer não o levava a lugar nenhum.

A vida dele era muito monótona e solitária. Tudo era básico demais, parecia sem vida. Por isso, ele resolveu criar um planeta, apenas para sua existência ter algum sentido.

NECROMANCE
E A CRIAÇÃO DO UNIVERSO

Necromance e a Conquista do Planeta dos Dragões

Necromance criou o planeta Dark Helm, mas essa criação o deixou mais frustrado que feliz. A monotonia continuava. Incrivelmente, a angústia que ele sentia por causa do vazio ficou ainda maior com a criação de seu primeiro planeta.

Talvez por isso, depois de ter criado Dark Helm, Necromance passou a fazer outros planetas, mesmo sem querer. Enquanto uma parte do corpo dele estava fazendo algo, outra parte criava, mesmo que ele não tivesse essa intenção. Não era a sua criatividade que fazia aquilo. Do nada, puf!, surgia um planeta.

O curioso era que essas criações sem intenção eram muito mais interessantes, coloridas e vivas do que aquelas pensadas por ele. Eram fragmentos de ausência e pedaços de existência, com partes do preto e do cinza, como era Necromance.

Foi desse processo de criações não planejadas que nasceu o universo, com seus planetas e seus povos.

Admirado com o que tinha criado, mas furioso e com muita inveja daqueles planetas vibrantes, bonitos e coloridos, Necromance dizia para si mesmo:

> "Que raiva! Os planetas que crio sem planejamento são muito mais legais do que os planetas planejados.
>
> Lá surgem até deuses! Que droga! E ainda me criticam pela falta de graça do meu planeta... Acho que a solução é acabar com tudo isso."

Foi nesse momento que ele ficou malvadão.

Ele só não destruiu todos os planetas porque queria se mostrar. Queria conquistar, dominar e ser muito reconhecido por isso. Destruir, sem humilhar, era pouco para ele.

Sua fraqueza era seu ego. Seu ser, que era tudo e ao mesmo tempo nada, tinha esse ponto fraco, era mundano. A fúria que ele sentia ao ver aquela diversidade de sentimentos nas suas criações causava nele um terrível desejo de possessão e dominação. Isso era bem diferente de sua habitual vontade de destruir sempre que ficava infeliz ou insatisfeito.

A COBIÇA DE NECROMANCE

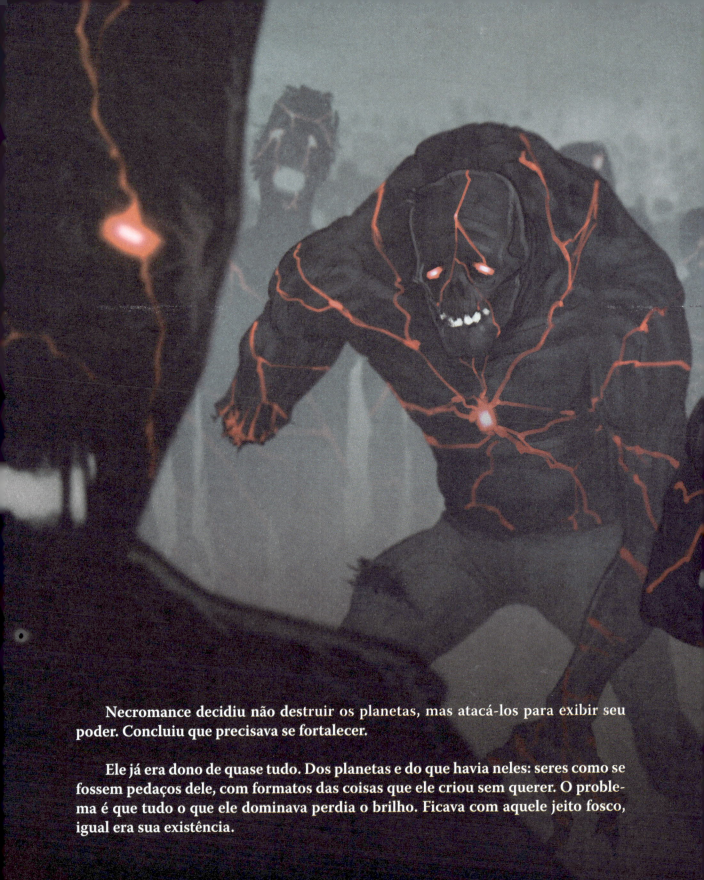

Necromance decidiu não destruir os planetas, mas atacá-los para exibir seu poder. Concluiu que precisava se fortalecer.

Ele já era dono de quase tudo. Dos planetas e do que havia neles: seres como se fossem pedaços dele, com formatos das coisas que ele criou sem querer. O problema é que tudo o que ele dominava perdia o brilho. Ficava com aquele jeito fosco, igual era sua existência.

Ele tinha que dar força a seu exército para poder dominar a população dos planetas mais fortes. Os planetas mais fracos eram moleza para ele.

O fato é que o exército de Necromance era mortal, desprezível e sem autonomia. Grande parte dos componentes do exército era meio lesada. Uns não tinham braço, outros não tinham perna, outros eram lerdos demais por serem parecidos com zumbis.

Necromance e a Conquista do Planeta dos Dragões

Necromance ficava muito irritado com esse jeito do seu exército. Ele não conseguia entender por que todos pareciam dominados, por que eram sem vontade e quase não tinham vida. Ele se perguntava:

> "Por que tudo que pertence a mim ou que faz parte de mim é tão frágil assim?"

Por causa da irritação com seu exército, ele pensou em dominar todos os planetas de uma vez. Conquistá-los, assim, num piscar de olhos. Necromance tinha o poder. Mas, não. Na verdade, ele não estava interessado em apenas dominar. Quando ele dominava os planetas, todos ficavam iguais ao planeta planejado e criado por ele: sem graça. Foi assim que ele teve a ideia de conquistar os planetas lutando, exibindo sua força. Necromance pensava, nervoso:

> "Vocêêês tiraram tuuudo de miiiim! Vocês verão a real fúria e a força de um ser colossal e universal!"

O desafio era conquistar os planetas mais fortes com aquele seu exército molenga. Suas criações mais fortes eram a sua maior cobiça, eram o foco de sua possessão.

Decidiu que iria dominar, custasse o que custasse, um dos planetas mais fortes: Dragonworld, o planeta dos dragões. Ele sabia que seu exército era numeroso, mas suspeitava que não daria conta dessa conquista.

Necromance e a Conquista do Planeta dos Dragões

Dragonworld nasceu num momento de fúria de Necromance. Nasceu sem ele querer, numa hora em que estava tomado de furor por não conseguir criar intencionalmente alguma coisa diferente do seu planeta inicial, Dark Helm.

Esse planeta surgiu quente e vermelho como a fúria. Sua superfície era repleta de lava incandescente, com poucas superfícies rochosas. Era igual ao jeito da fúria: pouco alívio, muito calor e fervor.

Os habitantes de Dragonworld só podiam ser mesmo os dragões: espinhosos, enormes, furiosos e imponentes. Eles se alimentavam do calor da lava que dominava a superfície vermelha daquele planeta. Era assim que eles mantinham as entranhas quentes e podiam ter sempre à disposição grande produção de calor: a fúria personificada.

Foi dessa incrível habilidade dos dragões que nasceu o fogo.

À medida que os primeiros dragões sábios envelheceram e foram conhecendo melhor a magnitude de seu poder, eles conseguiram dominar o fogo. E também conseguiram repassar esse conhecimento para outras comunidades amigas.

Dessa maneira, nasceu a sabedoria draconígena, a fúria domada.

A sabedoria dos dragões acalmou a fúria deles e conseguiu conter o calor. Por causa disso, eles puderam interagir com outros seres que não eram dragões. Antes, nem tinha jeito.

Eles conseguiram repassar a outros povos a fúria que lhes dava tanto poder. Isso deu grande potencial bélico aos planetas de nações mais fortes, as únicas que ousavam interagir com os dragões.

OS SÁBIOS DRAGÕES

King Krodat é o nome de um deus dos dragões. Era um ser majestoso, enorme. Tinha o corpo recoberto de escamas que se confundiam com a luz e o calor. Um ser reluzente e imponente.

Ele tinha uma imensa fome por lava. E comia sem parar, mais que os outros dragões. Por isso, era tão grande. Ele era praticamente a definição do calor. Durante muito tempo, King Krodat viveu sozinho. Seu jeito raivoso o impedia de compartilhar as coisas com os outros dragões. Era o representante da maior fúria que podia existir. Era, na verdade, a maior personificação da fúria.

Necromance e a Conquista do Planeta dos Dragões

Na época em que ele tinha aquela fome incontrolável, quando comia lava sem parar, acontecia algo muito amedrontador: ele era o único dragão no planeta que, ao invés de soltar calor, soltava lava de uma de suas três cabeças. Isso lhe dava um poder absurdo. King Krodat era seguido por todos os dragões.

Com o passar do tempo, ele sentiu a necessidade de domar sua fome e começou a tentar domar também seu poder.

Ele tinha consciência de que os dragões precisavam conseguir interagir entre eles. Não dava para continuar daquele jeito: seres poderosos e agressivos que raramente conviviam entre si.

Nessa época, King Krodat saiu em busca de interação. Foi muito interessante o que aconteceu. Em suas andanças, ele encontrou um dragão também muito poderoso – Mindigou. Era outro draconígeno de tamanho desproporcional. Sua cor era de um vermelho vivo e intenso. Ele produzia um calor descomunal.

O primeiro encontro draconígeno se deu entre o maior dos dragões e o mais inquieto deles. Mindigou era um ser muito desconfiado. Ele achava que todos desejavam o mal para ele. Ele era a desconfiança personificada. A desconfiança é como uma faísca da fúria.

Esse dragão tão quente vivia numa das principais fontes de calor de Dragonworld. O calor desse lugar vinha dos cristais, que são uma fonte infindável de lava para os dragões. Era conhecida como o leito da fúria.

Cacá Gontijo

Os cristais do leito da fúria eram muito cobiçados por Dark Queen, que havia sido expulsa de God Helm, a terra dos deuses. Por isso, agora Dark Queen se encontrava em Helhein, um planeta todo irregular, totalmente sem calor. Era o oposto de Dragonworld. Foi um dos primeiros planetas criados por Necromance, nascido desse sentimento de querer criar e sempre se frustrar por não conseguir criar o que queria. Era um planeta fruto da sua constante frustração.

Em Helhein, Dark Queen dominava todos os seres caídos de God Helm.

Era invejosa, fria e calculista. O que ela queria mesmo era ter de volta o poder que um dia detivera.

O encontro entre Mindigou e King Krodat – a primeira interação entre o vermelho e o dourado – foi feroz. Imagine uma fúria monstruosa duplicada... Dias, meses, anos se passaram numa luta infindável. Parecia que nunca mais iria ter fim.

Finalmente, certo dia, Mindigou aceitou que sua força era menor que a de Krodat. Confirmou-se, então, que aquele dragão dourado era realmente o rei dos dragões.

Quando Mindigou aceitou a majestade de King Krodat, ele revelou a desconfiança de que um dos cristais fora roubado. Nessa conversa, juntaram-se a fúria de King Krodat e a desconfiança de Mindigou. Logo, resolveram começar uma investigação.

Mindigou estava certo. Dark Queen, o mais gelado dos seres, estava atrás da fonte de calor. Ela queria ter o poder estrondoso de Dragonworld para poder voltar a God Helm. Foi assim que Dragonworld perdeu uma das suas importantes fontes de calor. Isso comprometia muito a parte do planeta que tinha se tornado mais rochosa e menos quente por falta de lava, que antes surgia daquela fonte de calor.

Cacá Gontijo

Essa porção do planeta, sem cristal, nem parecia pertencer a Dragonworld. O calor era a fonte de poder que mais caracterizava o planeta.

O dragão King Krodat, com sua fúria imensa, disse que iria a Helhein resolver aquele problema.

Esses dois dragões juntos formavam uma grande potência. Eles poderiam se deslocar com tanta rapidez e com tanta força que a viagem poderia ser vista como um percurso no tempo mais rápido que o próprio tempo.

Mindigou era muito observador. Quem tem muita desconfiança sempre observa bastante todas as coisas. Por isso, ele ficava pensando que aquela missão poderia ser muito perigosa. A saída de King Krodat deixaria Dragonworld em perigo porque ele era uma referência de força...

Mindigou falou com Krodat sobre o temor que tinha. Krodat não aceitou, ele queria realizar de qualquer jeito a missão. Eles discutiram muito, teve até briga! Por fim, Mindigou conseguiu convencer Krodat que ele mesmo deveria ir. Mindigou ficou todo feliz por ser o missionário daquele importante resgate.

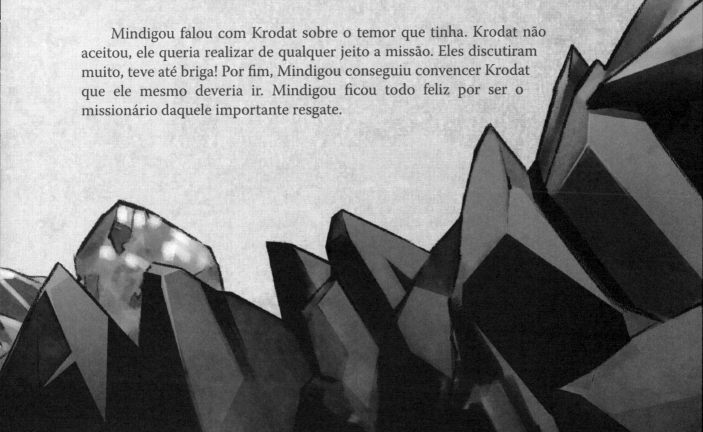

Necromance e a Conquista do Planeta dos Dragões

Depois de viajar muito, Mindigou chegou à terra gelada de Helhein. Assim que chegou, ele ficou impressionado com o que viu. De cara, teve a impressão de que não havia nada lá. Ele sentiu que seu poder ali não valia nada. Ele achava muito ruim sentir aquilo. Era tudo tão diferente de Dragonworld, onde ele recebia e liberava calor.

Ainda assim, ele seguiu firme em sua missão. Com muito cuidado, saiu investigando, querendo achar o cristal roubado. Como sempre, ele fazia tudo com a mais profunda desconfiança.

Na sua busca, ele foi encontrando vidas. Encontrou alguns guerreiros bem fracos que não sabiam de nada. Eram desinformados. Encontrou ainda alguns comandantes que não eram tão desinformados. No entanto, mal sabiam da existência de outros planetas além de Helhein. Quando ele encontrou comandantes mais superiores e iniciou uma conversa com eles sobre sua investigação, ele viu que esses comandantes tinham uma ideia meio vaga sobre o plano do roubo do cristal. O que eles não sabiam era que o plano já tinha sido executado.

À medida que Mindigou ia conversando, ele sentia que estava ficando cada vez mais próximo de Dark Queen. Essa aproximação ia dando uma inquietação tão grande nele, que até enfraquecia seu poder. Sua desconfiança, por outro lado, só crescia.

Depois de muito conversar e investigar, Mindigou finalmente encontrou onde estava o cristal que ele tanto procurava: na montanha, guardado sem o cuidado que merecia ter. A única fonte de calor daquele planeta convocou Mindigou até ali. Mas, sua forma original tinha sido perdida. Tinha energia, mas não soltava mais tanto calor; não tinha mais vigor. Era, na verdade, um poder puro, frio, perdido, pouco útil para os dragões.

Foi a primeira vez na vida que Mindigou sentiu que estava ficando gelado. Foi também a primeira vez que teve uma sensação nunca experimentada: sentiu medo.

CACÁ GONTIJO

Dark Queen, que acompanhava de uma distância segura os movimentos do dragão desde a chegada dele a Helhein, percebeu que Mindigou estava sem a fúria naquele momento, abalado com a visão do cristal tão transformado. Ela aproveitou aquela brecha, aproximou-se, rápida e sorrateiramente, e usou todo o poder que tinha dominado e adquirido do cristal de Dragonworld.

Canalizou toda a energia mais que gelada e a direcionou ao calor de Mindigou, calor em sua pureza e essência. Foi um contraste fabuloso. Esse choque abalou profundamente Mindigou. O gigantesco dragão ficou quieto. Era como se uma montanha virasse um pequeno monte.

Dark Queen, mais que depressa, viu que era a hora de dar fim à vida dele. Naquela fração de segundo, no exato momento em que se deslocava para o golpe fatal, ela viu a mais incrível transformação ocorrer no dragão, à sua frente.

NASCEU A FRIEZA.

Mindigou se transformou num ser ainda mais monstruoso. Ele ficou azul e frio. Era uma fúria gelada. Mindigou juntou seu calor, sua fúria, sua desconfiança ao incrível poder de gelo, incorporado nele de forma tão agressiva. Duas potências – calor e frio – estavam agora em sintonia na sua essência.

Dark Queen, perplexa, concluiu que a briga não tinha mais sentido. Aquele novo ser que tinha surgido não era mais um inimigo. Era, sim, parte dela e de sua terra gelada.

UMA DIFÍCIL DOMINAÇÃO

PRIMEIRA OFENSIVA

Para dominar Dragonworld, Necromance agitou todos os seus capangas. Não era uma tarefa fácil. Os dragões eram muito poderosos.

A primeira ofensiva foi meio desleixada. Necromance ordenou que o General Kryptos, comandando o exército meio fraquinho de Dark Zombies, fizesse uso da experiência e da boa estratégia de guerra que ele sempre tivera no comando de linha de frente das batalhas. A linha estava muito bem organizada. Até então, diversos planetas não tinham conseguido resistir à estratégia de Kryptos. Ele simplesmente não deixava o exército inimigo descansar, fazendo repetidas ofensivas. Como o exército que ele comandava era muito numeroso, era possível atacar o inimigo de todos os lados.

Aconteceu que...

Uma equipe de dragões esguios e incrivelmente habilidosos deu conta do recado dessa primeira ofensiva. Era formada por Dilong, Yinlong, Panlong e Jialong. Esses dragões mais pareciam cobras. Eram loucos pela vitória. Tinham muita manha e veneno. Eles nasceram da inveja que Necromance sentia dos outros planetas. De cara, eles pareciam ser um só dragão atacando, mas, quando era preciso, atacavam separadamente. Eram dos poucos dragões que naturalmente viviam separados dos outros, porque a origem deles era uma só.

Dilong

Dilong conseguia entrar e sair da lava e da terra.
Era difícil prever quando iria atacar.
Ele tinha um ataque certeiro.

Necromance e a Conquista do Planeta dos Dragões

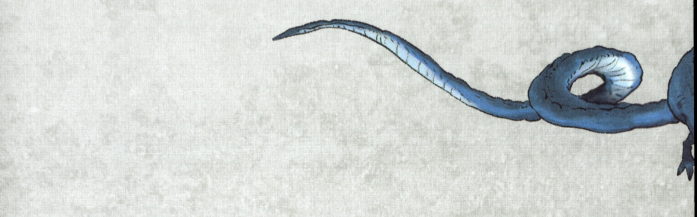

Yinlong

Yinlong era uma cobra alada. Enquanto Dilong atacava por baixo, ele atacava por cima. Juntos, os dois formavam uma dupla feroz, sincronizada e implacável.

CACÁ GONTIJO

Panlong

Panlong era todo espiralado.
Ele quase não atacava. Preferia aguardar a ofensiva e, aí sim, saltar com muito impulso, pegando o atacante totalmente desprevenido. Era um superelemento de defesa.

43

Jialong

Jialong parecia uma cobra chifruda. Atacava por baixo, e na retaguarda, tudo aquilo que Panlong não eliminava em sua potente barreira.

CACÁ GONTIJO

    Esses dragões causaram muitas mortes durante a ofensiva de Kryptos. Eles lutaram com muita sincronia e precisão. A persistência e a estratégia de Kryptos não conseguiram dominar os dragões.

    Necromance, muito irritado, o tirou da ofensiva.

SEGUNDA OFENSIVA

Mr. Green, agora no comando, conseguiu congelar outro cristal importante do planeta, deixando os Dark Zombies mais fortes do que na batalha anterior. Nessa ofensiva, Mr. Green tinha resolvido atacar, dividindo o exército em duas direções. Era uma ousadia, mas ele tentou mesmo assim. Talvez porque não fosse um estrategista, e, sim, um mercenário.

O exército de Necromance era ainda muito numeroso e opressor. Apesar do poder dos quatro dragões-serpente, a força que Mr. Green conseguiu com o cristal foi capaz de derrotá-los. Vitoriosos da primeira ofensiva, eles estavam menos eficientes por causa do cansaço.

Mr. Green estava todo imponente, certo de que tinha a vitória. Aí ele encontrou Naga e Bakunawa.

Cacá Gontijo

Naga

Naga, o maior dos dragões-serpente, tinha todas as características em um só ser. Tinha asas, era espiralado, chifrudo e com incrível capacidade de perfurar e mergulhar em qualquer superfície. Além disso, era enorme: quilômetros de comprimento. Cada ataque dele acabava com uma centena de inimigos. Cada hora, ele usava uma de suas habilidades viperinas.

Necromance e a Conquista do Planeta dos Dragões

Bakunawa

Bakunawa também era tipo uma serpente alada.
Só que ele era mais largo que extenso. Era tão largo que, quando subia, o céu escurecia. Sua boca enorme sugava centenas de inimigos a cada aspirada.

A ousadia de dividir o exército só facilitou a vida da dupla Naga e Bakunawa, fazendo com que essa ofensiva fosse facilmente barrada pela força da dupla de dragões. Necromance, muitíssimo indignado, tirou Mr. Green da ofensiva.

TERCEIRA OFENSIVA

Ninja Negro comandou a terceira ofensiva com uma força descomunal. Com sua nave, ele coletava asteroides com os quais revestia de força os Dark Zombies. Foram esses asteroides que enfraqueceram Naga e Bakunawa.

O exército de Necromance não parava de atacar. O que antes estava fácil para os dragões passou a ficar difícil. O exército passou a ter a retaguarda daquela quantidade de asteroides que era lançada.

Mesmo sendo enormes, os dois dragões começaram a ficar meio derrotados. Primeiro pela ofensiva iniciada por Mr. Green, depois pelo que fez Ninja Negro.

O exército estava se sentindo cheio de poder e foi avançando até encontrar Ryujin, o poderoso dragão laranja, que representava a raiva.

Ryujin

Ryujin vivia na lava e controlava a direção e o fluxo dela com a maior facilidade. Direcionava o calor para onde quisesse. Ele não produzia lava, mas conseguia, com seu tamanho e sua resistência, direcioná-la para muitos lugares. Assim, os asteroides não faziam efeito nele, pois derretiam.

Os Dark Zombies não conseguiam chegar nele, pois se desfaziam antes. O poderoso Ninja Negro foi então derrotado pelos dragões. Necromance, possesso, retirou Ninja Negro da ofensiva.

QUARTA OFENSIVA

Shi Tzu Ctrax era um mercenário, um criminoso de escala cósmica, muito procurado. Sua incrível capacidade e velocidade vinha dos choques elétricos que tomou sem parar durante 50 mil anos, numa cadeia, no Inferno. Ele se tornou eletrificado, de tanto choque recebido, até que aprendeu a incorporar esse poder para si. Ficou muito rápido, incrivelmente veloz, ágil como um raio. Seus ataques eram mais rápidos que a movimentação de lava de Ryujin.

Sucessivos ataques foram dados contra Ryujin, em uma batalha que durou dias, até que sua incrível e majestosa força cedeu. Ainda restava força, mas seu vigor foi se esgotando com a intensidade dos ataques de Shi Tzu Ctrax. Shi Tzu estava se divertindo!

Krodat, que conhecia bem seu planeta, começou a se incomodar com aquela intensa movimentação, pouco comum em sua nação.

As perdas que a nação estava tendo deixaram Krodat muito irritado. Sentia isso pelos corpos dos componentes do exército deixados para trás e pelos corpos de seus queridos conterrâneos deixados à deriva.

Mas foi quando viu Shi Tzu Ctrax, vitorioso sobre o vistoso corpo alaranjado de Ryujin, que Krodat avançou gigante e assustador para cima dele. Nessa hora, Shi Tzu Ctrax atacou Krodat e o destruiu furiosamente com seus ataques de raios. Krodat virou cinzas.

Necromance e a Conquista do Planeta dos Dragões

Shi Tzu, nesse momento, avistou o belo cão, peludo e calmo, que uma vez tinha dado a ele uma força descomunal. Era um cão de uma beleza estonteante. O mais curioso é que das fezes desse cão saía um cheiro irresistível.

Shi Tzu Ctrax estava precisando recarregar suas forças e energias. Lembrou-se da maravilhosa onipotência que o chá moio lhe dera uma vez. O chá moio era um tipo de elixir, feito com as fezes do tal belo cão. Ao beber o chá, Shi Tzu Ctrax teve sua força reativada. Fortaleceu de forma incalculável seu poder.

Revigorado, Shi Tzu Ctrax destruiu todos os dragões que viu a sua frente e acabou de vez com Dragonworld. O planeta dos dragões foi finalmente dominado. Uma difícil dominação.

Shi Tzu Ctrax sabia da importância daquele belo cão. Foi com o chá de suas fezes que ele recuperou força e poder. Por isso, mais que depressa, Shi Tzu Ctrax capturou o cão, a quem deu o nome de Iosemoio. Por ser um mercenário louco por poder, ofereceu Iosemoio a Necromance. O que ninguém sabia era que aquele não era o real Iosemoio, mas uma cópia dele.

A notícia sobre o poder de Iosemoio se espalhou rapidamente, e ele ganhou fama.

Iosemoio era uma ferramenta valiosa demais! Ele fornecia fonte inesgotável de grande poder. Ele era um cão mágico. Mais tarde, ficaram sabendo que, com o chá moio, todas as doenças que existiam eram curadas. Quem tomava daquele chá ficava muito mais forte do que já era. O chá potencializava o vigor de todos os seres.

Necromance já era imortal, mas queria que seus soldados ficassem mais rápidos, fortes e praticamente imortais também. As batalhas não iriam mais ser tão difíceis como a dominação de Dragonworld.

A DERROTA DOS DRAGÕES E A NOVA DINÂMICA DO UNIVERSO

Necromance e a Conquista do Planeta dos Dragões

Mindigou retornou a seu planeta arrasado e jurou vingança a Ctrax.

King Krodat havia sido derrotado, e Mindigou estava muito indignado por ter tido seu planeta devastado pelas tropas de Necromance. Apesar de sua ligação com Dark Queen, ele necessitava cuidar do seu planeta original. Por esse motivo, ele estava interessadíssimo em reaver Iosemoio. Tendo o chá moio, ele sabia que conseguiria revigorar seu desmoralizado e abatido exército de dragões.

Enquanto isso, os Dyers formaram uma liderança com Super-Dyer e Isded. Esses dois exércitos derrotaram e conquistaram muitos planetas para Necromance, sob o domínio deste. Como eles tinham sido subordinados a Necromance por muito tempo, já estavam cansados de tanto serem explorados para lutar por ele. Resolveram que era hora de se rebelarem. Considerando isso, capturar Iosemoio seria uma excelente estratégia. O exército deles, que já era numeroso, ficaria imbatível se tivesse o famoso chá. Se eles se rebelassem, o exército de Necromance iria ficar naturalmente mais enfraquecido. Se, ainda por cima, conseguissem capturar Iosemoio, passariam a ter um exército gigantesco e perigoso.

Os Mechties, alienígenas liderados por Lizard Lear, viviam em um planeta que ainda não tinha sido conquistado por Necromance. Eles rapidamente se organizaram para também tentar ter Iosemoio, antes de sofrerem algum ataque vindo de exércitos que estavam na disputa por ele. O Exército Negro poderia ser um deles. É um forte planeta que certamente estaria na mira de Necromance.

Havia uma nova dinâmica entre as grandes forças do universo, depois da derrota dos dragões. As nações poderosas tinham que se rearranjar e se preparar para a ofensiva de Necromance.

Iosemoio, que passou a se apresentar como valiosa arma para qualquer exército, poderia mudar o rumo das coisas. Seu infindável chá era poderoso e revigorante, despertador de forças ocultas que poderiam mudar a posição de planetas e de seus exércitos.

Qual seria o próximo alvo de Necromance, este ser que não aceita a autonomia dos planetas mais poderosos?

Será que Iosemoio permanecerá nas mãos de Necromance? Quando será que Necromance descobrirá que o verdadeiro Iosemoio, na verdade, está com Shi Tzu Ctrax?

AGUARDEM.

to be continued...

Na correria da vida de adulto, recebi um convite para participar de um projeto inusitado que me levou de volta a uma fase muito especial da minha infância/adolescência, época em que eu inventava histórias, adaptando para uma versão pessoal todas as ficções e personagens que eu adorava. Quantos projetos idealizei, quantas ideias tive!

Voltei, assim, aos meus dez anos de idade. Conversar com o Cacá era como conversar comigo mesmo no passado. Foram horas intensas de trocas de ideias. Eu tentava passar para o Cacá dicas de como dar uma boa liga na história, administrando sua empolgação criativa e levando-o a articular as sequências. Semelhante ao que faço com meus orientandos de Medicina Veterinária, só muda o contexto e o conteúdo.

Tudo foi discutido entre nós: quais nomes eram mais bacanas, qual não tinha nada a ver; que parte da história tinha sentido ou o que estava sem pé nem cabeça... Confesso que embarquei de tal forma na nave criativa do Cacá que me senti parte de todo o processo.

O Cacá já tinha escrito e publicado "O Bestiário das Criaturas", fonte para a história e guia de nossas conversas. Lembrei-me demais das minhas antigas fichas de RPG (Role Playing Game) e de como eu e meus amigos gostávamos de colocar os personagens nas histórias sendo conduzidos pelo mestre. Agora, Cacá é o mestre e todos vocês vão acompanhar a história dele.

Nosso diálogo foi inspirado e desafiador. Cada um trazia sua bagagem com alguns elementos em comum – como os jogos mais novos de God of War, e filmes mais recentes, como Vingadores. Outros totalmente diferentes. Eu sou mais amante dos mangás e da velha guarda de Dungeons & Dragons; o Cacá tem a referência das HQs e das novas aproximações da ficção medieval. Tudo isso funcionava como dever de casa: nós nos preparávamos para nossos encontros e colocávamos para "duelar" as diferentes ficções e versões. Batalha que espero ter sido a primeira de muitas. Cacá tem enredo para nem sei quantos novos títulos.

Esse encontro se deu por obra de nossas maiores heroínas. Minha mãe, como editora, que me colocou nessa jornada para fazer a interlocução com o Cacá, reconhecendo nosso perfil nerd/geek em comum. A Aninha, grande incentivadora do Cacá, que tem ouvidos atentos e apoia tudo o que esse garoto curioso, interessante e desbravador tem a oferecer.

Espero que gostem do resultado final:
"Necromance e a Conquista do Planeta dos Dragões".

Léo Acurcio
Amigo do autor

**Este é um dicionário de criaturas místicas.
Se você não as conhece, irá conhecê-las.**

O BESTIÁRIO DAS CRIATURAS

Quando e como explicar o deslumbramento, a mecânica dos sonhos de uma criança? E quando o talento transborda e nos deixa na divisa do espanto? O menino Cacá nos traz este espanto, esta luz que só a criatividade em excesso nos entrega. Este "O Bestiário das Criaturas" é um cardápio imaginário de onde sairão histórias fantásticas e distópicas, se assim o destino quiser.

Mas onde Cacá foi buscar estes personagens? Da leitura de livros, séries e HQs? Pode ser. Mas como eles vão se entrelaçar com a trama, os segredos e as surpresas da boa literatura? Este "Bestiário" traz o perfil que se aplica aos métodos de uma árvore genealógica. São surpreendentes, mas familiares; são aterrorizantes, mas doces. Todos os personagens parecem ter remédios, parecem ter cura para as próprias dores e malefícios. Quem dera fosse assim, o real que nos cerca – quem sabe serão, quando este talentoso Cacá articular os seus enredos, personagens e estruturas ao redor do texto literário?

Se assim for, será maravilhoso. Se não, se o destino escolher outro caminho para Cacá, ele já terá feito sua parte. "O Bestiário das Criaturas" está aí, para provar.

Afonso Borges

Cacá Gontijo

Berseker

Bersekers são homens que não temem a morte. Eles usam uma poção chamada "fúria berseker", e com isso ficam mais fortes, com a força de 1.000 homens.

B

O Bestiário das Criaturas

Carricu

Carricu é um dragão de 800.000.000 de cabeças que já lutou contra Necromance, no início dos tempos, mas ele morreu...

Cacá Gontijo

Colônia

É a base de operações dos Elfos Negros contra os Elfos da Luz. Foi lá que nasceu o rei dos Elfos Negros, Lathankkatetve. Um Elfo Negro vive cerca de 20 anos, mas o rei vive 130 anos e reencarna na próxima vida.

O Bestiário das Criaturas

Dark Queen

Em Helhein, Dark Queen domina todos os seres caídos de God Helm. É invejosa, fria e calculista. O que ela quer mesmo é ter de volta o poder que um dia detivera.

Cacá Gontijo

Dragões

Dragões são seres místicos que voam. São os primeiros dominadores do fogo. Imagina-se que estão extintos, mas alguns dizem que ainda estão vivos. Medem, em média, de 10 a 15 metros.

O Bestiário das Criaturas

Dyers (corpo a corpo)

São guerreiros mortos que não foram para Helhein e empunham espadas. São muito desajeitados e pegam fogo à luz do dia.

Cacá Gontijo

Dyers (projétil)

Conseguem disparar projéteis de fogo que penetram armaduras e podem matar, mas é muito raro. Estes não queimam à luz do dia.

O Bestiário das Criaturas

Dyers (armadura)

São generais falecidos de exércitos.
Foram banidos de Valhala.
Queima à luz do dia, mas são mais resistentes.

Cacá Gontijo

ELFOS NEGROS

São de Alfhein e parecem abelhas humanoides. São mais inteligentes que nós e estão em uma guerra civil com os Elfos da Luz. Ninguém sabe a causa da guerra.

O Bestiário das Criaturas

F

Fênix

Fênix são aves enormes, feitas de fogo, que, ao morrerem, revivem das cinzas.

Curiosidade: Se alguém as matar, elas não revivem.

74

CACÁ GONTIJO

FENRRIR

ACREDITA-SE SER UM LOBO COLOSSAL, ENGOLIDOR DE PLANETAS. DIZEM QUE, NO RAGNAROK, FENRRIR E THOR SE ENFRENTAM E DESTROEM TODOS OS MUNDOS.

O Bestiário das Criaturas

Gigantes

Gigantes são seres enormes, de 20 metros de altura. São ótimos ferreiros!
Dizem restar apenas uma vila de gigantes em Jotuhein...

Ah! Esqueci! Vivem apenas 50 anos, mas alguns bateram recordes e chegaram a 70 anos de idade.

Cacá Gontijo

Goblins Cobolt

Goblins Cobolt são pacifistas à primeira vista, mas são criaturas mortais que podem destruir facilmente um carro blindado ou um tanque.

Com uma couraça impenetrável, a forma de macaco e cara de cobra, podem transmitir câncer e até mesmo a doença de Chagas.

O Bestiário das Criaturas

Golem

Golens são enormes seres de pedra que caminham lentamente. Eles são tão fortes. Podem destruir uma torre rapidamente. São de pedra, mas têm amor pela vida.

CACÁ GONTIJO

GRIFOS

GRIFOS SÃO CRIATURAS MAJESTOSAS E VOADORAS. SE FOREM BEM TRATADOS, PODEM SER DOMESTICADOS, MAS, CASO SE SINTAM AMEAÇADOS, SE TORNAM UMA HIDRA.

Curiosidade: Se domesticados, perdem seus dentes.

G

Guarda Galáctica

É a tropa de elite que lida com os crimes cósmicos e galácticos. Leva os criminosos para serem julgados pelo TSDGG.

Cacá Gontijo

HERC

Deus onipotente. Ele não é visto há séculos...

O Bestiário das Criaturas

Hidra

Hidras são seres enormes de duas cabeças, que cospem fogo. De seus dentes sai uma toxina mortal que mata em instantes.

Cacá Gontijo

Iosemoio

Iosemoios são cães mágicos, brancos, grandes e cegos. Sua raça está extinta, exceto pelo que está com o Lorde Supremo, bem preso, para não fugir.

J

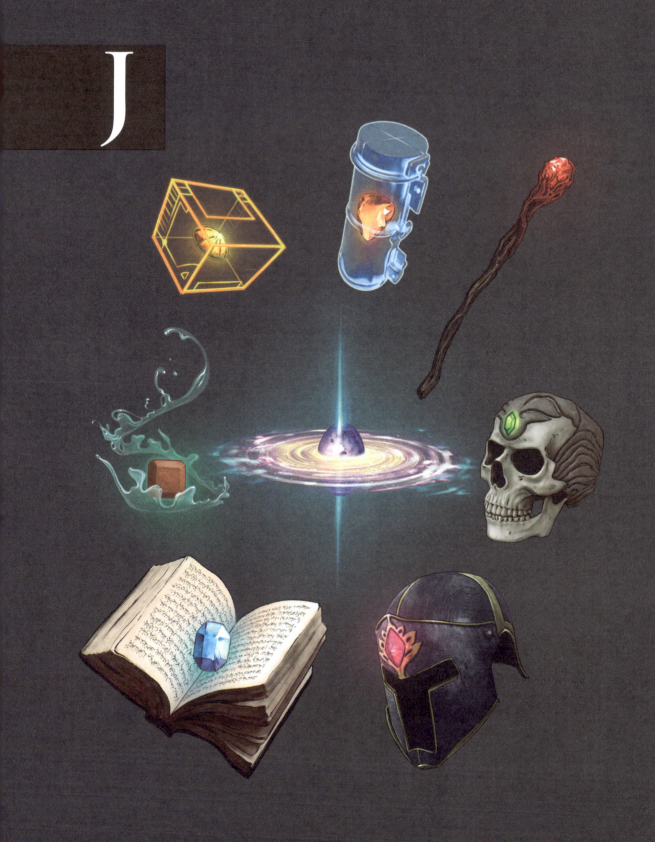

Joias do Poder

São 8 joias:

A primeira é a joia cósmica que está dentro de um artefato conhecido como Cubo Destrutor.
Essa joia tem a incrível capacidade de te transportar para qualquer lugar do espaço e disparar lasers.

A segunda é conhecida como a joia do caos!
Fica dentro de um objeto, o Cilindro da Perdição.
Consegue desfigurar qualquer coisa.

A terceira joia é a joia da destruição.
Encontra-se num objeto, o Cetro Infernal.
Ela consegue destruir qualquer coisa.

A quarta é a famosa joia da morte, encontrada na Máscara da Caveira.
Ela pode absorver e ceifar a vida dos inimigos.

A quinta é a joia psíquica!
Localizada no Elmo Telepático. Ela tem o incrível poder de manipular as emoções e as ações das pessoas.

A sexta é a joia da leitura, tem o mágico poder de te deixar onisciente e ler as mentes das pessoas.
Localizada no Supreme Book.

A sétima é a joia elemental, localizada no Coração do Oceano.
Ela consegue controlar e invocar qualquer um dos 4 elementos: água, ar, terra e fogo.

A oitava e última: a joia da supremacia.
Encontrada na Esfera Estelar. Tem o poder incrível de dar onipotência. Ela aprimora todas as outras joias também!

O Bestiário das Criaturas

Kaiju (É um nome japonês.)

Kaiju é o nome dado a criaturas enormes. São bípedes, têm casca grossa e são muito agressivos.

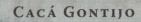

KING KRODAT

King Krodat é uma enorme fera dourada. É o único dragão que consegue disparar lava.

O Bestiário das Criaturas

Kraken

Kraken é uma lula enorme que afunda navios inteiros com seus enormes tentáculos. Ele é conhecido também como Lula Gigante.

Leviatã

Leviatã é talvez o maior animal de Alfgard, um mundo feito de água.
O Leviatã se adapta bem: é um animal aquático, mas também consegue respirar fora da água.

O Bestiário das Criaturas

Mechties

Mechties são uma raça alienígena que planeja dominar a Terra.
Parecem lagartos coloridos, mas as aparências enganam: são os seres mais perigosos do universo.

CACÁ GONTIJO

MINDIGOU

Mindigou é um enorme ser de gelo que controla as sombras. Dizem que vive na Montanha Noir, em Helhein, o lugar mais frio dos nove reinos!
Ele é um dragão que alcançou o ápice de poder. No passado, vivia em Dragonworld.

O Bestiário das Criaturas

Minotauro

Minotauro é um homem com cabeça de touro que vive em um labirinto, na ilha de Creta. Foi preso a pedido do rei Minos, daí o nome Minotauro: Mino de Minos.

M

Mordonac

Mordonac é um demônio dos mares que faz um redemoinho em volta de sua boca, para puxar navios até ela. Também é conhecido como Hanoccodaceiechu.

É como a Hidra, mas tem nove cabeças. Protege a entrada da caverna Mitis, que guarda o maior tesouro do rei Teres.

O Bestiário das Criaturas

Nags

Nags são serpentes marinhas que, ao picarem, transformam a vítima em um vampiro. Elas vieram de um redemoinho.

Curiosidade: O nome do redemoinho é Tamkeramuche.

Cacá Gontijo

Necromance

Necromance é o primeiro ser que existiu no universo e também é o maior destruidor cósmico da história.

É imortal e engole planetas inteiros, galáxias, universos e até dimensões! O resto é confidencial.

O Bestiário das Criaturas

Ogros

Ogros são seres gigantes, verdes, que dominam os ventos e matam tudo o que se mexe. São cegos.

Curiosidade: São imortais para o tempo, mas podem morrer.

Cacá Gontijo

Quimera

Quimeras são seres com cabeça de leão, corpo de cachorro e rabo de escorpião. Matam seres que erram seu enigma. Elas são como filhas da Esfinge.

R

Ragnarok

Ragnarok é o fim dos nove reinos! Com Surtur dizimando Asgard e ela morrendo!

Consequência: os mortos ficam no mundo dos vivos, e os vivos, no mundo dos mortos.

Serpente do Mundo

Serpente do Mundo é a maior cobra do universo, medindo até 58.000 quilômetros. Dizem que ela circula o mundo e morde o próprio rabo.

S

O Bestiário das Criaturas

Shi Tzu Ctrax

Shi Tzu Ctrax é um mercenário, um criminoso de escala cósmica, muito procurado. Sua incrível capacidade e velocidade vêm dos choques elétricos que ele tomou sem parar durante 50 mil anos, numa cadeia, no Inferno.

Ele se tornou eletrificado, de tanto choque recebido, até que aprendeu a incorporar esse poder para si. Ficou muito rápido, incrivelmente veloz, ágil como um raio.

CACÁ GONTIJO

SKROLL E HATTI

Skroll e Hatti são enormes lobos. Skroll persegue o Sol e, no Ragnarok, ele o engole e acaba com toda a vida na Terra e nos outros oito reinos.
Skroll é mais novo que Hatti.

Hatti persegue a Lua desde 25.000 anos a.C. No fim dos tempos, ele destrói a Lua, acabando com a dominação de água das marés.

É o fim, pois a Lua precisa do Sol para refletir luz.

T

TIFÃO

Tifão é um Titã enorme, com dedos em forma de garras. Até lutou com o deus Zeus e quase ganhou. Tifão tem 125 quilômetros.

T

Titãs

Titãs são seres enormes, fortes, que vivem na lua de Titã em Saturno. Eles foram dizimados por Titanzu, um Titã louco por destruição.

O Bestiário das Criaturas

Trolls

Trolls são enormes criaturas que estão em todos os mundos. Eles também são guardiões de tesouros.

Cacá Gontijo

TSDGG (Tribunal Supremo da Guarda Galáctica)

Ele julga todos os seres vivos que cometem crimes cósmicos. A guarda galáctica jamais questiona suas ordens.

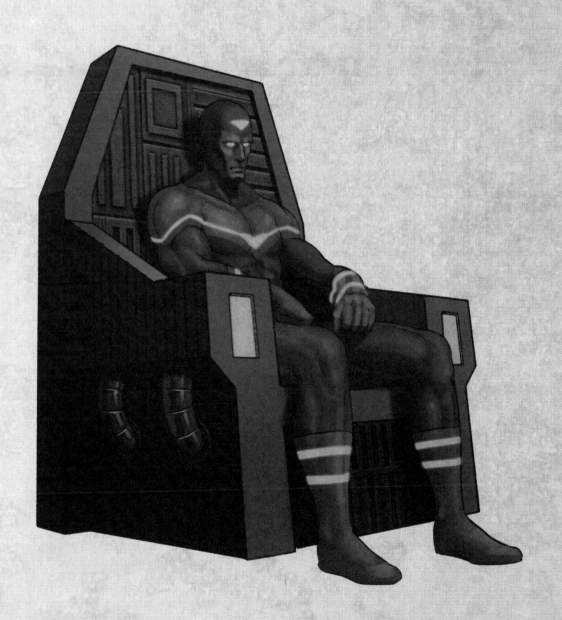

O Bestiário das Criaturas

Vampiros

Vampiros são os seres vivos que foram picados por Nags bebês. Transformam-se em seres sedentos por sangue, que matam se for preciso para absorver o sangue de suas vítimas.

Cacá Gontijo

VANIRES

Vanires são semideuses que ficaram presos em Midgard. Também têm superpoderes e vivem cerca de 500 anos, a menos que encontrem seus pais, aí vivem 2.000 anos. Se subirem até Asgard, viram imortais.

CACÁ GONTIJO

HISTÓRIA DE NAVI

Esta é uma história bem longa, então pega uma pipoca e leia.

ERA UMA VEZ NAVI, UMA RAÇA QUE VIVIA EM GUERRA COM AS NAÇÕES HUMANAS. AOS POUCOS, IA SENDO DESTRUÍDA. ATÉ ZEUS ESTAVA CONTRA OS NAVI!

MAS AÍ APARECEU UM NAVI CHAMADO CONSTATIOPOLES, CONHECIDO COMO NOVO. ELE ERA O INVENTOR MAIS BRILHANTE E CRIOU O GIGANTE VERMELHO! UMA ENORME ARMADURA FEITA DE MANTACORE, COM UM GRANDE TRUNFO!

O GIGANTE USAVA ENERGIA CÓSMICA PARA FUNCIONAR. ESSA ENERGIA VINHA DO CUBO DESTRUTOR. COM O GIGANTE, ELES VENCERAM A GUERRA!

PORÉM, GENOSINAI, FILHO DO INVENTOR, MORREU DE PESTE, E SARGENT, UM DESTRUIDOR CÓSMICO, ROUBOU A ARMADURA E A DEU PARA SEU MESTRE, MAGARINOCAISTO, MAIS CONHECIDO COMO LORDE SUPREMO, QUE COM SEU PODER DEU VIDA À ARMADURA E PASSOU A SE CHAMAR SAMUKAI, QUE, TRADUZIDO, É SAMURAI VERMELHO.

Ricardo é um menino atento, curioso e de criatividade aguçada, que um dia foi desafiado a registrar algumas das criaturas fantásticas que descrevia com tanto realismo.

O resultado de seu trabalho foi tal, que permitiu transportar-me a um mundo mágico e misterioso, povoado por criaturas incríveis e assustadoras.

"O Bestiário das Criaturas" é uma obra recheada de perfis detalhadamente construídos de raríssimas personagens, que nos apresenta um mundo novo a ser explorado, em uma aventura repleta de mistérios inimagináveis. A construção cuidadosa de cada perfil é um misto de realidade e ficção que resulta da força e sensibilidade, características marcantes do autor.

Ana Paula de Andrade Azevedo von Krüger
Professora de português da Escola Theodor Herzl

A educadora americana Mary Lou Cook certa vez disse que "criatividade é inventar, experimentar, crescer, correr riscos, quebrar regras, cometer erros, e se divertir".

Ricardo é uma criança muito criativa e que imagina mundos inteiros, povoados de criaturas dos mais variados tipos. Sem amarras ou preocupações, ele é livre para, assim como o deus criador Necromance, fazer do seu mundo imaginário um *playground*.

Porém, como transmitir isso ao leitor? Os desenhos são uma ótima maneira, mas primeiro eles precisam ser transportados da mente para o papel. O processo de criação dos personagens segue uma forma lúdica, porém funcional. O Ricardo mescla figuras, brinquedos, gestos e desenhos próprios para passar sua ideia a um ilustrador que as captura, gerando as belas imagens deste livro. O processo é repetido e refinado até que estejam harmônicos com o que o Ricardo concebeu.

Pedro Martins
*Engenheiro e escritor, coautor da trilogia de aventura
e fantasia "Dois Sóis", publicada pela editora C/Arte*

```
ENIGMA

ALVO DETECTADO: QG DA GUARDA GALÁCTICA.
OBJETIVO: RECUPERAR O CUBO DESTRUTOR.
```